AF325169

X.3828. Piece
N.

DISCOURS

PRONONCÉS

DANS L'ACADÉMIE

FRANÇOISE,

Le Lundi 13 Avril M. DCC. LXI.

A LA RECEPTION

DE M. SAURIN.

A PARIS, AU PALAIS,

Chez la V. BRUNET, Imprimeur de l'Académie Françoise.

M. DCC. LXI.

M. S A U R I N *ayant été élu par Messieurs de l'Académie Françoise, à la place de* M. *l'Abbé* D U R E S N E L, *y vint prendre séance le Lundi* 13 *Avril* 1761, *& pronença le Discours qui suit.*

M ESSIEURS,

L'INDULGENCE du Public m'a obtenu la vôtre. Plusieurs d'entre vous qui m'honorent de leur amitié, & qu'elle prévient pour moi trop favorablement peut-être, ont profité d'une circonstance heureuse. Ils ont saisi le moment d'un succès ; & vous y avez mis le comble, en m'admettant parmi vous ; ou plutôt, en m'approchant des Maîtres de l'Art, vous avez voulu me mettre à portée de perfectionner des essais que la voix publique daignoit encourager.

Je sens tout le prix de la grace que vous m'avez

faite. Quels secours ne trouverai-je pas parmi vous !
Quelles leçons ! quels exemples ! si je sais en pro-
fiter.

Indépendamment des règles générales que tout
le monde connoît, les hommes de génie ont leurs
règles particulières qu'ils se font faites d'après une
infinité d'observations fines & profondes, propres
à leur manière de voir & de sentir : mais ces observations, elles ne sont souvent en eux que d'une
façon confuse & peu développée ; ce sont des choses plutôt senties qu'apperçues, & qu'en quel-
ques-uns on ne prendroit que pour l'instinct du
Génie. En conversant avec eux, en les étudiant,
en sachant les interroger, on leur arrache, pour
ainsi dire, leur secret. Il leur échappe des traits de
lumière, & ces traits sont saisis par ceux que la
nature a faits pour en être éclairés.

Ce n'est pas seulement les hommes supérieurs
dans le genre où l'on s'applique, qu'il est impor-
tant de consulter. Les beaux Arts sont frères : ils se
prêtent une clarté mutuelle. Eh ! quel avantage
n'est-ce pas de les trouver ici réunis, & formant
un globe de lumière qui est au monde littéraire ce
qu'est au monde physique l'astre brillant qui donne
à tout la forme, la couleur & la vie ?

Quel service n'a donc pas rendu aux Lettres
votre illustre Fondateur ! Cet homme qui avoit
l'ame de son génie ; qui, au-dessus de la prudence
& des règles ordinaires, fort de ses ressources &
supérieur à tous les obstacles, a entrepris & exé-

cuté les plus grandes chofes ; vafte & puiffant efprit qui, à l'élévation dans les projets, joignoit
dans l'exécution ce courage ferme & perfévérant,
qualité dangereufe en un homme d'Etat, fans le
génie, mais fans laquelle le génie n'a jamais rien
fait de grand.

Employer habilement la force & la politique
contre les ennemis du dehors, brifer d'une main
les fers qu'ils préparoient à l'Europe, la mouvoir à
fon gré, former & diffiper des ligues ; de l'autre,
contenir au-dedans les factieux, abattre les rébel-
les, captiver l'Océan frémiffant aux pieds des rem-
parts vainement commis à fa garde, affermir la
Monarchie, & préparer à la France cet avenir de
gloire & de grandeur où depuis elle s'eft élevée ;
plus utile qu'agréable à fon Maître, avoir chaque
jour à fe défendre des fourdes intrigues du cabinet :
& au milieu de tous ces foins, parmi le trouble &
les flots de cette mer agitée, trouver le temps de
cultiver les Mufes, s'honorer de partager leurs tra-
vaux, les réunir, & fous fon bras puiffant, comme
fous un ombrage facré, leur procurer au fein des
orages un abri fûr & tranquille ; voilà ce qui doit
rendre à jamais Richelieu l'objet de notre admiration & de nos éloges. Ces éloges font un tribut
de reconnoiffance que nous lui devons : mais il le
faut avouer, fon nom feul porte dans les efprits une
idée de grandeur & de génie, à laquelle les plus
hautes expreffions ne fauroient atteindre.

Ce grand homme, en faifant lever fur les Let-

tiver, qu'ils deviennent gens du monde, corrom-
pus, & bientôt avilis.

Les hommes qui portent envie au mérite per-
fonnel (& ce font tous ceux qu'il humilie, parce
qu'ils n'en ont qu'un d'emprunt), tous ces hommes, dis - je, triomphent de cet aviliffement de
quelques gens de Lettres : ils en prennent droit
contre tous. On recueille alors avec foin tout ce
qui peut noircir les Mufes ; on leur fait un crime
de ce que ceux qu'elles favorifent font hommes : on ne veut rien pardonner au génie qui a
l'imprudence & la candeur de l'enfance. Il arrive
dans la République des Lettres, ce qui eft arrivé
dans la République d'Athènes : elle encourageoit
de vils Orateurs à décrier les grands hommes qui
l'avoient fervie ; elle décernoit l'oftracifme contre
ceux à qui elle devoit des ftatues.

L'époque de la corruption des Lettres eft donc
toujours celle de leur décadence : moins confidé-
rées, bientôt elles dégénèrent ; le luxe règne feul ;
le bon goût périt, & fur le débris des beaux Arts
rampent une infinité de petits Arts fantafques &
ridicules, nés de la richeffe & du mauvais goût.

Je n'examinerai point fi nous fommes encore
loin de ce terme, ou fi nous en approchons. Je ne
veux point faire le procès à mon fiécle ; il me
fuffit de montrer que celui qu'on fait aux Lettres
eft injufte, & qu'elles n'ont aucune part aux maux
que le luxe amène, & qui font une fuite néceffaire
de la puiffance & de la durée des Etats : elles ont

au

au contraire quelquefois contrebalancé tous ces maux. L'Empire Romain a-t-il jamais été plus heureux que sous les Empereurs Philosophes ? Aussi, MESSIEURS, si l'on excepte quelques Conquérans barbares, on ne trouvera point dans l'Histoire de grands Rois, de grands Capitaines, de grands Ministres qui n'aient aimé les Lettres, qui ne les aient protégées. Ceux qui font de grandes choses, veulent de grands hommes pour les célébrer. Ce Roi qui, comme Auguste, a donné son nom à son siécle, qui, grand dans la prospérité, & dans l'adversité plus grand encore, fera époque dans les Lettres & dans la Monarchie, Louis XIV, du haut de sa gloire, tendit aux Muses une main bienfaisante. Il vous mit à l'ombre de son Trône : il crut que le Souverain seul étoit le digne Protecteur d'une Compagnie où ce qu'il y a de plus grand parmi les Sujets, de plus respectable dans les différens ordres de l'Etat, s'honoroit de n'apporter que la distinction du mérite & des talens.

Depuis cette époque si glorieuse pour vous, l'arbre sacré d'Apollon plus grand, plus vigoureux peut-être qu'il ne le fut jamais dans la Grèce, étendit son ombrage sur une foule de grands hommes qui voyoient Louis au milieu d'eux. La France produisit des Héros, & trouva chez vous des Poëtes dignes de les chanter ; la Langue Françoise, qui est celle de la raison, mais qui se plie à tout dans les mains du Génie, devint la Langue universelle de l'Europe : les chef-d'œuvres qu'elle enfanta

dans tous les genres, en firent un objet d'étude &
d'admiration pour toutes les Nations qui penfent.

Mais fi vos ouvrages ont enrichi le Monde littéraire d'une infinité de tréfors, vous n'avez pas cru
qu'il fallût dédaigner ceux que nos voifins pou-
voient nous fournir.

Une Traduction en beaux vers de deux Poëmes
de Pope, l'*Effai fur la Critique* & l'*Effai fur l'Homme*, mérita à M. l'Abbé du Refnel, à qui j'ai l'hon-
neur de fuccéder, celui d'être admis parmi vous.
Une pareille Traduction demandoit beaucoup de
talent, fans doute. Pour faire paffer d'une Langue
dans une autre les beautés d'un Ouvrage de génie,
il ne fuffit pas de poffeder les deux Langues; il
faut que le Traducteur foit homme de génie lui-
même : Pour bien traduire un Poëte, il faut être
Poëte, finon pour l'invention, du moins pour le
coloris ; il faut rendre une expreffion pittorefque
dans une Langue, par une expreffion pittorefque
dans l'autre ; trouver des équivalens, être créateur,
du moins dans les détails ; enfin donner à la copie
l'ame & la couleur de l'original.

Au mérite de fa Traduction, M. l'Abbé du Refnel joignoit celui d'être un des premiers qui nous
euffent fait connoître la Littérature Angloife : je
dis un des premiers, car nous avions la Traduction
du *Paradis perdu*; Traduction pleine de force, de
chaleur & de vie, où, libre de l'efclavage du vers,
Milton tout entier refpire. Nous avions auffi différens jugemens fur les Philofophes & les Poëtes

Anglois, & quelques morceaux de ces derniers imités ou traduits en vers, que nous avoit donnés cet homme de tous les talens, grand Poëte & grand Philofophe lui-même, & qui fuffiroit feul pour illuftrer fon fiécle, fi dans cette Compagnie, Messieurs, & parmi ceux qui mériteroient d'y être, ce fiécle tant décrié n'offroit encore des talens & des efprits du premier ordre.

Depuis M. l'Abbé du Refnel, d'autres fe font attachés à nous faire connoître les ouvrages des Anglois : il n'eft plus rare parmi nous de favoir leur Langue ; leurs Auteurs tiennent un coin dans nos Bibliothèques ; il y a même des gens qui les mettent fort au-deffus des nôtres. Eft-ce prévention en eux ? ou ne feroit-ce point cet effet de l'envie qui n'élève les Etrangers que pour rabaiffer fes compatriotes ? Quoi qu'il en foit, fi les Anglois font loin d'être pour nous des modèles, ce font au moins des Rivaux très-eftimables. Si nous leur fommes fupérieurs dans des genres, s'ils nous le font peut-être en d'autres, c'eft aux Nations neutres à en juger : il eft du moins certain que, fi dans leurs productions prefque toujours mal ordonnées il y a du gigantefque, de l'outré, du bizarre, on y trouve prefque toujours auffi des penfées grandes & fortes : que fi leur imagination, femblable à un courfier vigoureux, mais fans bouche, les emporte fouvent au-delà du but, elle leur fait auffi quelquefois laiffer loin derrière eux les efpaces connus, & découvrir de nouvelles terres dans le vafte pays

Réponse de M. le Duc DE NIVERNOIS, *au Discours de M.* SAURIN.

Monsieur,

Les louanges directes sont regardées comme également fâcheuses à donner ou à recevoir; & en effet tout éloge qui fait rougir celui à qui il s'adresse, est honteux pour celui qui le prononce. Mais quand la louange n'a pour but que ce qui est vraiment louable, quand elle ne parle point à l'orgueil, quand elle n'emprunte point la voix de l'adulation, elle n'a rien de gênant parce qu'elle n'a rien de déplacé, rien d'inquiétant parce qu'elle n'a rien de faux, rien de puérile parce qu'elle n'a rien d'exagéré. Aussi vous entretiendrai-je librement ici, MONSIEUR, & du plaisir que nous goûtons tous à vous recevoir parmi nous, & des justes motifs de notre choix.

Ce n'est pas seulement Thalie & Melpomène que nous couronnons en vous aujourd'hui. Sans doute nous rendons justice à ces Comédies que la pureté de Terence caractérise, & que le sel âcre d'Aristophanes ne deshonora jamais; à ces Tragédies qui jouissent d'une estime peut-être plus flatteuse que le succès, & qui, pour dire tout en un

mot, font fouvenir de Corneille. Non , M o n-
s i e u r , nous ne méconnoiffons pas le prix de
vos Ouvrages ; mais nous ofons leur préférer encore votre perfonne.

Deftiné par votre éducation à fuivre les traces
d'un père diftingué dans l'étude des fciences exac-
tes , nous favons que le talent de la Poëfie & les
graces de l'imagination fe font établis chez vous
fur la bafe inébranlable de ces connoiffances profondes qui donnent de la force à l'ame , de la juf-
teffe à l'efprit , de la fûreté aux principes , de la
folidité & de la permanence aux idées. Quelques-
unes de ces qualités fuffifoient à la production des
Ouvrages dont vous avez enrichi la Littérature ;
c'eft le concours , c'eft l'accord de toutes qui
forme votre vrai mérite : affortiment complet où
rien ne manque , où rien n'eft de trop , & qui ne
peut réfulter que de cet efprit de lumière moins
fublime dans fon vol que le génie , mais plus libre
dans fa direction , moins puiffant dans fes effets ,
mais moins circonfcrit dans fes facultés. Pour fu-
pléer à cet inftrument univerfel qui s'applique à
tout , il faudroit la réunion de tous les talens ;
mais les talens inftrumens du génie font des dons
de la nature , & la nature aime à féparer fes bien-
faits en les diftribuant.

C'eft par la loi économique de cette réparti-
tion , que les productions du génie font foumifes
comme celles de la terre à des variations refpec-
tives dans les différens climats. Nulle contrée ne

raſſemble tous les talens , nulle ne ſeroit ſuffi-
ſamment riche de ſes propres fonds, & toutes ont
beſoin de s’entr’aider par la communication mutuelle de leurs tréſors particuliers.

Utiles & néceſſaires Agens de ce noble com-
merce , ce ſont les Traducteurs qui ſe dévouent à
la pénible entrepriſe d’enrichir leur Patrie par
l’importation des fruits étrangers. Avec ce ſecours
nous ſommes de tous les Pays , nous vivons dans
tous les temps , nous converſons avec tous les
hommes , nous jouiſſons de toutes les diverſes ma-
nières de penſer & de compoſer. Ainſi le grand
Homère devint Anglois entre les mains de Pope ;
ainſi l’illuſtre Pope fut naturaliſé en France par
l’Académicien que vous remplacez aujourd’hui ,
MONSIEUR.

Heureux le Traducteur dont la langue ne ſe
refuſant ni aux idées ni aux tournures ni aux ex-
preſſions étrangères , les incorpore volontiers à
ſon domaine & étend ſes conquêtes par adop-
tion. Pope traduiſant Homère a joui de cet avantage ; le Traducteur François de Pope ne pouvoit
en jouir. La Langue Angloiſe ſe prête à tout , s’ap-
proprie tout : c’eſt le ſage d’Ariſtippe. (a) La
Langue Françoiſe moins maniable, reſſemble à ce
fier ſtoïçiſme qui ne ſe plie à rien , (b) & qui veut

(a) Omnis Ariſtippum decuit color & ſtatus & res , Hor.
Ep. 17.
(b) Alluſion à un autre vers d’Horace , Ep. 1.

ſe

fe foumettre tout : contrafte affez remarquable entre les mœurs & le langage dans les deux Nations. Attachée à fes principes avec une tenacité invincible comme les anciens Egyptiens à leurs coutumes, notre Langue par fon efprit d'intolérance refferre les Traducteurs dans les plus pénibles entraves. M. l'Abbé du Refnel a eu le courage de s'y expofer, & l'art de conferver un air aifé dans fes chaînes. On lui a reproché de s'être trop affranchi des fervitudes de l'imitation, de s'être accordé trop de liberté dans l'emploi des équivalens, de s'être permis jufqu'à des tranfpofitions d'idées. Souvenons-nous qu'il a traduit un Poëte Anglois, qu'il l'a traduit en vers François, pour être lû & goûté par des François, & notre critique fera bientôt défarmée.

Sa perfonne a été traitée avec plus d'équité que fes écrits. Jamais fa conduite n'eut de cenfeurs ; & comment auroit-elle pû en avoir ? Raifonnable dans toutes fes opinions, régulier dans toutes fes démarches, honnête dans tous fes procédés, il étoit univerfellement chéri dans la fociété ; il y avoit acquis cette forte de réputation préférable à la célébrité ; il y a joui de cette confidération, réfultat flatteur de l'eftime & de la bienveillance, qui fe refufe quelquefois aux qualités les plus brillantes, & qui fuit conftamment l'amour de l'ordre la pratique des devoirs & la décence des mœurs.

C

C'étoit un motif de plus pour que sa place vous fût destinée, à vous, MONSIEUR, qui avec des talens différens, possédez les mêmes vertus dont nous sentons si bien le prix.